Eerste publikasie deur Liquid Type Publishing Services in 2014

www.liquidtype.co.za

Voorblad deur Gerhard Human

www.gerhardhuman.com

INHOUDSOPGAWE

Proloog 4

Die eerste dag 6

Die tweede dag 8

Motswedi 10

Na tien 14

Lukas 16

Jag een 19

Jag twee 22

Geenfontein 24

Sondag 26

Die haelgeweer 30

Dit reën 31

Spore 32

Ek kort tabak 35

Mart 36

Carnarvon 38

Dorp toe 39

Michelle 51

Ontbyt op Geenfontein 58

Epiloog 61

Oor die skrywer 64

Dan sal twee mense op die land werk, die een sal saamgeneem en die ander een agtergelaat word. Twee vroue sal by die meul koring maal, die een sal saamgeneem en die ander een agtergelaat word.

Mattheus 24:40

PROLOOG

Lukas Gideon Uys van die Karoo se Groot Uyse het by die plaasdam gestop, die Isuzu afgesit, uitgeklim en sy vingers in die water laat speel. Hy het sy hande bak gehou en koel water oor sy gesig gespoel en die dag se stof afgewas.

Hy't more se take deur sy kop laat gaan. Bande vir die Isuzu. Dan die AgriCote man op die dorp gaan sien wat Lusernsaad smous. 'n Vinnige stop by die Spar. Blomme vir Mart.

Sy't nie van Spar blomme gehou nie, maar dit was al wat hy die tyd van die jaar kon kry.

Hierdie was sy familie se vlaktes en hul skaap het al generasies oor dié, meestal dor, wêreld gewy.

Buks, sy baster staffie, het langs hom kom staan.

Buks was Lukas se jagmakker.

Hy het al 'n pofadder byt, bosluiskoors en 'n geskil met 'n mannetjies bobbejaan oorleef. Hy was die enigste plaasbrak wat voor in die Isuzu saam met Lukas mag ry.

Die windpomp het skielik langs hulle tot 'n stilstand gekraak en Buks het 'n sagte tjank die verte in getjank.

'n Karoobries het stof opgeskop.

Die bries het met 'n rukwind opgehou en Lukas het 'n skielike drukking op sy bors gevoel.

Die klank van donderweer het deur die lig aangerol gekom maar daar was nie 'n wolkie in sig nie.

Sy keel het toegetrek en hy het sy bors gegryp toe 'n steekpyn hom tot sy knieë dwing.

Buks het die niet in gegrom.

Lukas het sy hande aan sy broeksakke drooggemaak en na die stil windpomp deur skrefies oë gekyk. Hy het vlak asem gehaal.

Die pyn in sy bors het verdwyn en hy het 'n lae dreun deur die aarde voel aanrol.

'n Donderknal het vir buks laat omspring.

Lukas het in die Isuzu gespring en met sy voet in die hoek deur die veld gejaag.

Die bakkie het met 'n boog voor die plaashuis gestop en hy het uitgespring.

"Loop haal die haelgeweer Mart!".

Mart het nie geantwoord nie.

Motswedi het oor die werf aangehardloop gekom.

Sy arms aan't swaai. Sy oë groot.

"Hy het hulle kom haal! Hy het hulle kom haal!"

"Wie Motswedi? Wie's kom haal?"

"Almal. Almal. Ons het in die veld gewerk. Toe's hulle net weg. Almal weg. Die Jirre het hulle kom haal. Dis Modimo gewees! Daar het net skoene agtergebly. Dis nou net ons twee hier. Ek't gecheck. Alles is af. Die electricity. Die pompe werk nie. Dis van die drink. Dis van die drink wat ek hier agtergelos is. Dis die Black Label se skuld."

Ver agter Motswedi het 'n kolom swart rook bo Carnavon die lig in geborrel. 'n Sagte wind het weer opgesteek. Lukas het in sy spoor omgedraai en huis toe gehardloop.

"Die haelgeweer Motswedi. Die gewere. Ons moet by die skietgoed kom!"

DIE EERSTE DAG

Behalwe vir die groot kolom rook wat ewig op die horison bo Carnarvon hang, was alles in daardie eerste weke amper normaal, en daar was geen rede vir Lukas se bekommer oor gewere naby hou nie.

Hulle het die stukke draad wat gespan moes word gespan en die nuwe lammerkamp klaargemaak.

Die plaas het 'n klein spilpunt gehad waar hulle groente gegroei het en met die elektrisiteit wat af was moes hulle die groente met die hand nat maak. Hulle moes oes en dit het die tyd vinnig laat verbygaan.

Skape is gevoer. Implemente reggemaak. Gewone plaaswerk. Twee mans wat die werk van vyftien doen.

Die elektrisiteit het nooit weer aangekom nie en die boorgat wou nie pomp nie, maar die ou handpomp het na 'n ge'grease' weer begin werk en die windpomp het kraak-kraak eendag weer sy ding begin doen.

Daar was genoeg water, en met 'n paar ekstra pype aanlê kon beide Lukas en Motswedi water in hul huise hê.

Die diere het geen sonde gehad nie en het aangegaan asof niks gebeur het nie.

Die skape het steeds dieselfde half-wakker, effe dom, kyk in hul oë gehad.

Die hoenders het gepik-pik hier-en-daar en vir Lukas op die werf gevolg asof hy altyd 'n hand vol mielies by hom het. Mart se perde het vlieë met 'n kop skud en 'n gestamp van 'n hoef weggewaai.

Daar was eiers, melk, vleis en groente. Dit het eintlik goed gegaan met die boerdery. Lukas het 'n kalf geslag en hulle het biltong gehang.

Hulle het min gepraat.

Motswedi het geweier om sy hand aan 'n geweer te sit maar sy knopkierrie was altyd daar êrens teen 'n muur of in sy belt gesteek.

Lukas het gegrinnik as hy die knopkierrie sien want Motswedi het nooit vantevore ene besit nie en het die een uit 'n kis wat Lukas se oupa s'n was gekrap.

Daar was geen teken dat hulle wapens moes dra nie, maar altwee het onrustig gevoel en 'n wapen altyd armlengte van hulle af gehad.

Niks het gebeur nie. Die telefone het nie gelui nie. Geen sms'e of Whatsapps nie. Die koopmanne het nie kom skape haal nie. Die Agricote man was nêrens nie. Niemand het kom kuier nie.

Dit was soos een lang Sondag, met daai gevoel dat Maandag 'n boggerop gaan wees altyd diep binne.

DIE TWEEDE DAG

Dit was weke en weke, maar eendag het goed begin lol.

Die jakkalse het skape kom pla in die aande. Doodgebyt. Niks geëet nie. Ongewoon vir 'n jakkals om 'n groot skaap te takel.

Een van die ses plaashonde is dood. 'n Boerboel. Zorba.

Nie 'n wond of merk aan sy lyf nie. Asof hy net loop lê het en besluit het om nie op te staan nie.

Daar was orals skilpaaie, so uit die niet uit, wat soggens by die groente te sien was.

Mens het hulle dikwels in die veld raakgeloop, maar nou het hulle in tiene en twintigs bymekaargekom. Op hope gepaar.

Met die elektrisiteit af kon Lukas nie meer sy baard met die Wahl skeer nie. Hy't effe verslons begin lyk. Sy wenkbroue, wat Mart soms met 'n geswaai van arms en 'n gefronsery van sy kant af, met die tweaser uitgepluk het as hulle gaan skuins lê het, het wild gestaan. Hy't soos 'n uil gelyk.

Die wasgoedpoeier was ook naby aan opraak en hulle klere het nie altyd vars geruik nie. Die ding het aan die einde van die maand gebeur en hulle was nie voorbereid met inkopies nie.

Snags het Lukas lank voor Mart se oop kas gestaan en na haar klere gekyk.

Dan, na lank, het hy gaan sit met sy rug teen die bed en sy oë oor al haar goed laat speel. In die oggende wakker hy langs haar oop kas en elke oggend staan hy moeiliker op.

Hy het geweet sy sou een van hulle wees. Sy was te goed vir hom. Daar kon geen ander einde wees nie.

"Ons lewe nog altwee maar ons is nou soos dooies vir mekaar."

As mens vir Motswedi vra sou hy sê niks makeer vir Lukas nie.

Lukas het steeds elke oggend opgestaan. Rooibos gemaak. Ontbyt. Dan dagtake aangepak.

Die skape geënt as dit moet, waar die spilpunt gaan staan het groente met die hand natgemaak.

Oor die vlaktes gestaar. Met die perde gepraat en wortels en beloftes aan hulle uitgedeel.

Na vier weke was Motswedi siek. Die drinkgoed was klaar en daar was geen doepa vir sy sielkwaal nie. Hy't gepraat van self stook maar Lukas het gesê hulle gaan als vir eet nodig kry.

Dit kan nog lank wees voor die regte einde kom, het Lukas gesê.

Mens weet ook nooit of daar iemand anders oor is wat dalk gaan kos nodig hê nie. Lukas het gehoop daar is niemand anders nie. Dit sal als moeilik maak.

Soms as hulle skape gewerk het, het Motswedi weggeloop en gemaak of hy gaan rook of water afslaan.

Maar sy geroggel opgooi kon van ver af gehoor word. Hy't maerder geword. Implemente laat rondlê. Soms aandete gelos. Een volle dag se werk gemis.

Snags het hy alleen in die werkershuis gesit, niemand om mee te praat nie.

Motswedi kon, en wou, altyd praat. Storievertel was in sy bloed. Hy kon 'n staaltjie, of 'n wit leuen, ver agter gaan haal. 'n Ompad vat en dan mense laat lag of terneergedruk maak met sy verhale. Klei in sy hande.

Nou het hy snags alleen by kerslig gesit en elke nou en dan sy regterhand so effe gelig, asof hy iets wou antwoord, wysvinger in die lug 'n punt wou maak.

Hy't meeste aande in die stoel aan die slaap geraak en eers met die son wat hoog deur die venster kyk opgestaan. 'n Beker water gedrink en vir Lukas gaan, "More".

MOTSWEDI

Motswedi is Motswedi Gabriel Dawid Mokoena gedoop. Sy ma, Tannie Rebecca Mokoena, het gesê twee Bybelse name is nie te veel nie en sal verseker dat daar genoeg seëninge saam met Motswedi deur sy hele lewe gaan.

So was dit ook aan die begin.

Motswedi het in graad twee Carnarvon Laerskool se koor gelei. Hy het toe reeds 'n stem gehad wat die tannies, wat in strepe na hom kom kyk het, as "engelik" beskryf het.

Sy bywoning van Carnarvon Laerskool het menigte boere en kerkmense laat kla, dit was immers 'n trotse Afrikaanse skool, maar Oom Uys het sy voet neergesit en die dorp het stilgebly.

Kom hoërskool jare en Motswedi het eendag net 'n squeak ge'squeak' en sy stem het net daar gebreek.

Die kerke het hom daarna gejag om in hulle kore te sing. Op die ou einde was dit die Apostoliese Kerk wat sy talente gewen het. Die kerk se ledetal het weekliks gegroei en die dominee se preke het niks daarmee te doen gehad nie.

Motswedi se redes om die Apostoliese kerk te kies was nie als geestelik nie.

Sipirwa Mbeki het hier te kerk gegaan.

Sipirwa het vir Motswedi ure se skuldgevoelens veroorsaak. Nie oor sy sondige gedagtes nie, maar omdat hy gevoel het hy sing nie vir die Here nie maar net vir haar.

Die romanse het al vroeg geblom. Nie een van die families het probleem met die twee se liefde gehad nie. Beide het uitgeblink op skool en as alles goed gaan sou hulle altwee ook die eerstes in die Mokoena en Mbeki families wees wat universiteit toe sou gaan.

Toe Sipirwa in haar tweede jaar van L.L.B. by die Universiteit van Pretoria swanger word was daar sommiges wie nie verbaas was nie. Dit was nou maar so bestem.

Die pa's aan beide kante wou iets oorkom en het mekaar een Sondag middag amper te lyf gegaan.

Die tantes het egter van beter geweet.

"Daar's nie sprake van skande nie," het tant Rebecca gesê.

So was dit ook.

Lwazi is gebore met 'n paar longe wat harder kan skree as wat enigiemand in die Mbeki en Mokoena familie nog gehoor het.

Dit was 'n goeie teken. Die mannetjie sou ook eendag in die kerk sing.

Dit was dieselfde jaar wat Mart Eksteen en Lukas Gideon Uys gebore is.

In vakansietye het Motswedi en Sipirwa by Sipirwa se ouers op Carnarvon gebly.

Sipirwa se ouers het op Mart se pa, Oom Eksteen, se plaas gewerk. Sipirwa en Motswedi het elke vakansie deurgekom en toe klein Lwazi moes skoolgaan het hulle besluit hy sal beter op Carnarvon aard as in die stad.

Die Eksteens en die Uyse was vaste vriende en Mart, Gideon en Lwazi het saam groot geword, net kinders mag Apartheid se reëls gebreek het.

Die twee seuns was oor naweke met 'n .22 die veld in. Skape help aanjaag en onsuksesvolle strikke vir voëls gestel.

Die hoërskool op Carnarvon het vir beide seuns se opvoeding gesorg en daar het hulle ook geleer om met die vuis te slaan as dit die dag moes.

Vir daai tyd in Suid-Afrika was hulle vriendskap iets ongewoon en daar was tonge wat nie stil was daaroor nie.

So het hulle grootgeword. In die veld waar niks mens pla nie. Tot die dag van die ongeluk.

Motswedi en Sipirwa was op pad Carnavon toe vir die naweek. Hulle het altwee in Johannesburg by klein regsadvies maatskappye gewerk. Lwazi was op pad standerd nege toe.

Die band het gebars. Of daar was 'n slaggat. Iets soos dit. Die storie is nie duidelik nie. Maar Motswedi het beheer verloor oor die kar en toe hy wakker word was hy in 'n ambulans.

Hy het weer wakker geword in 'n hospitaal bed met sy kop wat voel of dit gaan bars en albei sy arms in gips. Sy polse het gebreek terwyl hy met die kar vir beheer baklei het.

Sipirwa se ma het ingeloop en langs hom gestaan. Hy het nie gevra nie en sy het nie gesê nie.

'n Dag later het hy homself ontslaan en reguit na Jose's Grocer and Liquor toe geloop.

"Is my geld nie goed genoeg vir jou nie!" het hy vir Jose geskree toe hy nie 'n bottel brandewyn aan hom wou verkoop nie. Hy't die geld neergegooi en met die bottel uitgestap.

Sy eie en Sipirwa se ouers het by hom kom soebat. Oom Uys en die tantes ook. Mart en Lukas was te bang om met hom te gaan praat.

Hy het sy woonstel in Johannesburg laat staan soos dit is en die veld agter Spar op Carnavon het sy huis geword.

Na twee jaar en vele rusies met polisie, familielede en almal op die dorp het die Motswedi's, Uyse en Mbeki's opgegee.

Motswedi was 'n dronklap boemelaar en niemand kon niks daaromtrent doen nie.

Die Apostoliese dominee het ook gaan soebat. Gaan preek en smeek. Die dood is nie Lwazi en Sipirwa se einde nie, het hy gesê.

Die dominee was die minste deur Motswedi se probleme geraak want Motswedi het steeds in die koor gesing.

Met sy nuutgevonde smart het die ledetal gegroei. Dis asof sy stem 'n treurige volwassenheid bereik het wat niemand nog ooit gehoor het nie.

Hy het elke Saterdag middag teen vyf uur ophou drink. Dan gaan slaap. Sondag oggende het hy sy onderarms by die wasbak in die kerk se badkamer gaan was en sy pak, wat nou permanente hangplek agter die een toiletdeur gekry het, aangetrek.

In die kerksaal het hy 'n koppie koffie gedrink en drie beskuite afgesluk en dan toe oë op 'n kerkbank gaan sit.

Daar het hy gesit en Die Here verwyt oor Sipirwa se dood. Oor Lwazi wie nie eens matriek geskryf het voor die ongeluk nie.

Die koorlede was vroeër as almal daar en hulle het hom een-vir-een ge "môre" en hul plekke ingeneem.

Wanneer die eerste kerkgangers aankom het Motswedi opgestaan. Sy keel skoongemaak en voor die koor gaan staan. As dominee Lindeque inkom en almal stil raak en in 'n gewyde stemming begin verkeer, het Motswedi se basstem selfs die stoerste laat hoendervleis kry.

"O Heer my Gooooood as ons in eeeeerbied woooondder, en eeeelke dag U werk aanskouuuu…"

"Dan moet ek juuuiiiggg my reeeeedder en my Gooood…. Hoe groot is Uuu, hoe groot is UUuuuuuu".

Daarna was dit vir Dominee Lindeque maklik, sy kort boodskap het dan reguit na die hart gegaan.

Die lede het na die tyd verlig en met glimlagte op die gesig uitgestap en komkommer toebroodjies, melktert en rooibos onder die bome buite kerk gaan geniet.

Ja, die Apostoliese kerk het baie gebaat uit Motswedi se smart.

Na die seën uitgespreek is het Motswedi eenkant gaan staan en nog 'n koppie koffie drink. Daar was dié wat met hom gaan praat het maar dit was moeilik. Hy het homself as banneling verklaar en niemand kon iets daaraan doen nie.

Teen vyfuur die Sondag middag was hy reeds weer dronk en sou dikwels onder 'n boom gesien word waar hy nou gesprekke met homself het.

Dit het vir jare so aangehou.

Lukas en Mart het eendag by hom gaan staan.

"Ons gaan trou Oom Motswedi," het Mart sag gesê.

"Ek gaan die boerdery oorvat. My pa is siek Motswedi. Hy gaan nie lank hou nie. Daar is iets wat met sy hart makeer. Ons is bang wat met die boerdery gaan gebeur. Sal jy kom help op die plaas? Ek kan nie alleen nie."

Daardie Maandag het Motswedi by Geenfontein aangekom. 'n Oorpak aangetrek en 'n paar Caterpillar skoene en geskree, "daai skaap gaan homself nie op die trok laai nie, jy moet hom slat!"

NA TIEN

Motswedi het wakker geword toe die eerste haan kraai.

Hy was vir jare altyd eerste op en het in die oggende Psalms en Gesange gelees en in sy kop getop oor wat hy die volgende Sondag in die Kerk sou sing.

Maar dit was al lank nie meer so nie.

Hy het in 'n skielike diep slaap verdwyn en toe hy weer wakker skrik het hy nie geweet of dit 'n minuut of 'n uur later is nie.

Die son was al hoog.

Hy het in die oggende wakker geword met die gedagte van haar en hom wat aan hom knaag.

Hy het elke oggend vir 'n sekond of drie gedink hy sal nog op sy regtersy kan draai en dan sy arm om Sipirwa vou en haar nader trek.

Maar die paar sekondes het nooit so lank gehou as die waarheid van die ongeluk nie en deesdae het hy lank gelê en homself eers verwyt oor die een Whiskie wat hy daardie aand nie kon beheer nie en wat alles verander het.

Toe Lwazi nog kind was het hy altyd in die oggende op die bed kom spring en dan met sy hele lyf op Motswedi geval.

Motswedi het daaraan lê en dink en toe skielik geskrik soos sy lyf ruk.

Hy het weer aan die slaap geraak en toe hy wakker word was sy knieë styf teen sy bors getrek.

Hy het opgestaan en gedink aan koffie, maar met die elektrisiteit was af en die sonpaneel was net aan die geyser en die yskas gekoppel.

Hy wou nie met gas of vlamme karring nie en het twee droeë beskuite uitgehaal en dit geëet.

Hy kon vir Lukas op die erf hoor karring en het geweet daar was werk wat gedoen moet word.

Lukas sou al lankal hulp met iets nodig gehad het.

Maar Lukas het hom deesdae gelos. Na almal weg is. Na die ding, hierdie ding wat net Die Here sal kan verklaar, het Lukas hom sy eie gang laat gaan.

Hy het sy skoene stadig aangetrek. Hy't gistraand in sy oorpak aan die slaap geraak en hy sou vanaand na die dag se werk stort.

Sy huis was in totale chaos. Hy het drie weke laas skottelgoed gewas en maande laas iets opgetel of uitgevee.

Hy het die voordeur agter hom toegeklap en die honde het hulle koppe lui opgelig en hulle sterte so een of twee keer gewaai en toe weer verdwyn in drome van hase of goete.

Dit was al na tien.

"Ek't al amper 'n dag se werk sonder jou gedoen. Hou daar vas. Trek. Trek. Hou vas, hou vas. Yes! Ek sukkel al 'n blerrie uur. Finally. Jy al geëet? Ek gaan maak 'n toeba".

Motswedi het saam met Lukas gestap en minute later het hulle aan biltongbroodjies gesit en kou.

"Ek wil hoekpale plant vir 'n nuwe kraal. Ek soek die skape nader, waar die honde 'n oog kan hou. As goed neuk wil ek kan keer."

LUKAS

Nog voor die .22 dae het Lukas en Lwazi al chaos met 'n windbuks onder die voëls op Geenfontein gesaai.

'n Windbuks is 'n dodelike ding in die verkeerde hande, en toe iemand die dag vir die twee seuns vra om te help om die voëls uit die agtertuin se vrugteboord te hou, het hulle dit gesien as 'n lisensie om enigiets wat vlieg te skiet.

Lukas se pa mag nie uitgevind het nie want hy het net vir vleis geskiet .

Maar die seuns was nie bang nie en die oom was meestal in die veld en het nie van hulle kaskenades geweet nie.

Jy raak dik vriende met 'n ou as julle elke dag saam rondloop met 'n skietding, en dan nog ook besig is met iets wat jou in die moeilikheid kan kry, Lukas en Lwazi was soos broers.

Lukas het 'n ou windbuks gehad wat sy pa vir hom gekoop het toe hy in standerd drie was. En hy't die ou knaknek orals saamgesleep op die plaas.

Toe hulle in standerd nege was het Lukas eendag lê en slaap op die bank na 'n Sondag middagete.

Lwazi was saam met sy ouers dorp toe en sou laat middag verbykom vir 'n swem in die plaasdam.

Toe die honde voor begin blaf het Lukas opgestaan en voordeur toe geloop. By die oop deur het 'n polisie konstabel ongemaklik gestaan.

"Kan ek met jou pa praat asseblief".

Met die nuus van die ongeluk het Lukas sy ou windbuks gevat en die boorde ingehardloop.

Daar het 'n muisvoël gesit en voor hy kon dink het hy hom geskiet.

Die muisvoël was 'n sterk ding, want hy het sy vlerke begin flap, van tak-na-tak gespring, en geskree-en-geskree maar nie doodgegaan nie.

Lukas het huistoe gehardloop en die windbuks onder sy bed gesit.

Hy het nooit weer 'n voël geskiet nie.

By die begrafnis het Lukas gestaan en kyk hoe Lwazi se pa, Motswedi, alleen sit en huil. Almal het probeer troos maar Motswedi het die hele preek deur na sy voete sit en staar.

Lukas het nie die moed gehad om met hom te praat nie.

Motswedi was 'n effe stoere man. Jy kon hom en Sipirwa albei altyd deur 'n ring trek. Netjies, regop en met die beste klere aan. Hulle was van die min swart prokureurs in daardie dae en het respek by almal afgedwing.

Daar was selfs van die boere wat hulle vir advies in regsake genader het.

Hulle was kerkmense en beide het in die koor gesing en Lukas het al gehoor dat hulle in die kerk ontmoet het.

Die storie het geloop dat Motswedi 'n whisky die aand van die ongeluk gedrink het. Hy het nooit gedrink nie maar het daardie spesifieke aand die oorwinning in 'n groot saak gevier.

Die polisie het na die tyd die kar se remme die skuld gegee en al het Motswedi gesoebat dat hulle hom toesluit was daar te veel ander tekens, soos olie op die pad en 'n haarnaald draai, wat eintlik die blaam gedra het.

Motswedi het na die begrafnis homself probeer dood drink en dit menigte kere amper reggekry.

Soos al die Uyse was boer in Lukas se bloed, maar hy het dit eers later in sy lewe agtergekom.

Sy kleindae op Geenfontein was idillies maar hy het altyd gedink die stad sal iets beter bied.

Toe hy sy pen die dag dankbaar met die laaste toets van matriekeksamen neersit, het hy huistoe gegaan, sy rugsak gepak en koers Pretoria toe gekies.

Hy het argitektuur gaan swot maar kon van dag een af nie lekker vat kry aan van die stadmense nie.

Met hom en Lwazi wat vriende was tussen al die nors boere op Carnarvon het hy homself as liberaal gesien, maar in Pretoria het hy agtergekom hy's eintlik konserwatief.

Die Pretoria mense het te veel idees gehad. Oor alles. Hy het een of twee vriende in die departement gehad maar hy was 'n vreemdeling vir die res.

Soos Lukas verder geswot het het hy net al kwater en kwater geword. Hy het besef hy is eintlik heeltemal gewoon as hy homself met die meeste studente vergelyk het. Dit het hom kwaad gemaak.

Sy punte was nie te sleg nie. Maar hy het nie uitgestaan nie. Hy het gewoon aangetrek. Jeans, vellies en 'n T-hemp. Die ander studente was almal 'cool'.

Hulle idees het hom ook begin irriteer.

Behalwe vir een. Mart Eksteen.

Sy het altyd skuins voor hom in die tekenklas gesit en hy het haar goed geken want hulle het saam op Carnarvon groot geword.

Lukas het altyd na haar breë skouers sit en kyk in die tekenklas. Sy het dit gekry in die dae toe sy vir Carnarvon se hoërskool geswem het. Haar skouers het hom mal gemaak.

Hoewel Mart en hy saam grootgeword het, was hy na Lwazi se dood meer-en-meer alleenmens wat nooit meer as 'n woord of twee met haar gepraat nie.

Tot eendag. Een van die ander studente het Lukas uitgedaag oor een of ander niksseggende idee. Lukas kon dit nie meer vat nie en het vir die ou, Phillip, gevra of hy dit nie dalk buite wil gaan uitsort nie.

Phillip het eers gelag, hoe kan mens iets uitsort met vuiste? Phillip wou sy intellek eerder toets. Toe hy sien Lukas is ernstig het hy stil geword en nooit weer oor onbenullighede gepraat nie.

Mart het lank vir Lukas staan en kyk tydens die insident en eendag vir hom gevra hoekom hy so kwaad is.

Hy het besef hy is nie gemaak vir die stad nie en toe hy die vakansie sy tasse pak was dit ook die laaste keer wat hy die stad sien.

Mart het hom op Facebook gekry en gesê sy wil by die plaas verbykom wanneer sy vir haar ma hulle gaan kuier.

Hy wou eintlik nee sê want hy was skaam. Maar hy kon nie nee sê nie want hy was half bang vir haar. Hoe gaan hy met so mooi girl praat? Bliksem sy't verander van laerskool af.

Sy het plaas toe gekom. Sy ma het dadelik vir Mart kombuis toe gevat en Mart het haar help bak. Lukas was heeltemal verboureerd.

Hy het saam met sy pa gaan werk. Aan die einde van die vakansie het Mart vir hom gesê as sy klaar geswot het trek sy plaas toe. Sy het dit gedoen.

'n Jaar later het sy met haar tas op Geenfontein aangekom en 'n maand daarna was sy 'n boervrou.

JAG EEN

Lukas het die koue uit sy voete gestamp en die .243 jaggeweer in die bak van die Isuzu gesit. Hy het gekyk hoe die son oor die koppies breek en hy het geweet die springbokke sou water gaan soek voor die son die oggend se koue breek.

Hy en Motswedi het genoeg vleis op die plaas gehad vir hulle twee maar hy kon nie net skaapvlies en hoender eet nie.

Hy het vir Buks ge "Buks-Buks!" en die Staffie het van die stoep af gesleep en swartsirkels om hom kom spring en snork.

Die Isuzu se deur was halfpad oop toe spring Buks in en gaan sit aan die passasierskant en bewe van opgewondenheid.

Die bakkie het uit die erf geluier en die stuurwiel het gekraak soos Lukas dit Platkop se kant toe draai.

Na tien minute het hy die sleutel afgedraai, sy vinger deur die band van die geweer gehak, dit oor sy skouer getrek en met brak aan sy sy, die platte ingeloop.

Hy het vier rondtes met sy duim in die .243 ingestoot en na Platkop gekyk terwyl hy die koue stappie se nat van sy neus afvee.

Platkop was 'n lang plat kop met lawa rotse aan die onderkant uitgestrooi soos dolosse wat fortuin moet vertel.

Die grond daaronder was hard en net die hardste Karoobosse kon daarin vir hulself 'n lewe worstel.

Die springbokke het daarvan gehou om Platkop aan hulle een kant te hou terwyl hulle aan die doringbossie of twee, wat wel iets met die harde grond kon onderhandel, gekou het oppad water toe.

Buks het die spel geken. Hy sou vir Lukas laat rook terwyl hy na die westekant van die kop draf en ruik-ruik waar die bokke staan.

'n Skril wind het Buks sy ore laat plat trek. Hy wou nies maar die aard van sy werk vanoggend het hom tweemaal laat dink en hy het die kielie uit sy neus gekry deur sy snoet heen-en-weer te skud en sy oë styf toe te knyp, tot 'n rilling deur sy lyf die nies laat verdwyn het.

Sy neus wys die veld vir hom. Die skilpad wat 'n klipgooi weg van die koppie af aan 'n droeë bossie kou. Die ou bobbejaan wat eers erfkees was op die Van Wouw's se plaas en toe eendag losgekom het en nou Platkop sy huis maak.

Die hase wat hy gaan moet laat staan. Hy kon water ruik, diep onder die grond.

Die bokke was oos van hom. Die lammers was al groterig maar hy kon die jonk in hulle ruik.

Hy sou eers ompad kies agter die lawa-klippe verby en vir Lukas kans gee om die laaste vinnige trekke aan sy sigaret te vat, dan sou hy met die wind van voor, kop platgetrek en stert tussen-die-bene sy taak in erns begin.

'n Springbok is 'n dom dier en Buks het nie veel respek vir hulle nie. Maar hulle was vining en daarvoor kon hy nie dom staan nie. Hy het bekruip en sou wag tot hy baie naby is voor hy sy kop lig en, met lippe wat oor sy tande bol, 'n blaasblaf gebruik om hulle na Lukas
toe te jaag.

Hy sou agter hulle moes bly en elke keer as hulle wou wegdraai van waar Lukas staan, hulle met 'n blaf weer moes draai dat hulle teen Platkop aanhou hardloop.

As hy nie sy werk doen nie dan kan hulle draai en pad wes kies en dan sou die pad huistoe in die bakkie saam met Lukas stil en skuldig wees.

Maar hy ken sy taak goed en hy het altyd seker gemaak Platkop bly aan die bokke se suidekant.

Die springbokke het voor hom gestaan en kou. 'n Paar jonges het gebokspring oor die son wat amper begin warm raak.Hy het sy kop gelig en wou blaf maar die wind het 'n reuk wat hy nie ken nie gebring.

Sy hare het orent gestaan en toe hy sy kop weer laat sak en sy ore spits om te luister het iets vir hom gesê hy moet by Lukas kom. Daar was fout. Lukas is in gevaar.

Die reuk was 'n suur een en hy kon nie help nie en hy het geblaasblaf en toe laat spat die bokke van die geluid!

As die bokke eers laat spaander dan gebeur goed vining. Hy't van die gevaarreuk vergeet en laat spaander.

Hy't te lank gewag en hulle het begin draai. Hy moes twee laat gaan maar sy bene het hom gou by die res gebring. Hy't ge "jip-jip" en gesien hoe hulle weer rigting verander.

Sy longe het begin brand want met hulle voorsprong moes hy alles gee om by te bly. Nog so 80 meter. Nog 50. Nog 30 meter dan sou hy op hulle hakke wees.

Die eerste skoot het geklap en hy het geweet Lukas is okay, ten spyte van die suur wat die lug bevuil.

Hulle moes twee bokke vat en met 'n "bifff bifff" het hy die bokke op koers gehou. Die tweede skoot het geklap en ten spyte van alles in hom wat skree om te gaan kyk waar die bokke val, het hy 'n lyn gesny om vir Lukas by die bakkie te gaan haal.

JAG TWEE

Lukas het sy sigaret aangesteek en gekyk hoe Buks Platkop toe draf.

Die bewe was nou uit Buks uit en Lukas het geweet hy sou die bokke kon skiet soos hy beplan het. Buks het min gefaal.

Hy het sy duimnael oor die geweer se 'checkering' gekarring en die slot toegegrendel.

Buks ken sy storie, as hy die eerste jip hoor dan kon hy maar korrel en soos altyd sou Buks so waar as wragtag die bokke soos silhouette-teikens agtermekaar vir hom 'opline' dat hy die sneller kon trek net wanneer hy wou.

Buks se blaf het vroeg gekom en Lukas het sy sigaret laat val en die geweer deur die Isuzu se venster gedruk en dooierus gevat. Hy het gesien hoe die voorste bokke voor die kruisie inhardloop en toe skop die .243 teen sy skouer.

Hy het die slot vining oop-en-toe gemaak en nie 'n sekonde later nie toe skop die geweer weer.

Die bokke moes nou net wakker geword het, het hy gedink, want hulle is maar stadig vanoggend.

Die rook het nog uit die sigaret wat op die grond gelê het getrek en Lukas het dit opgetel en kon nog vier vinnige trekke uit dit kry.

Buks sou naby die eerste bok wag en Lukas het koers gekies na waar hy dink die bok geval het, maar Buks het teruggekom en met hare wat regop staan aan sy linkerbeen kom spring en karring.

Met, "mooi seun, mooi seun, mooi seun" het Lukas aan Buks se ore gevryf en vir hom gelag.

Buks het nie lekker gelyk nie. Sy hare was vir geen rede orent, sy ore spits en hy het wild rondgekyk.

Hulle het saam na die bokke geloop. Lukas het yskoud geword. Die eerste bok het 'n bytmerk aan sy sy gehad. 'n Lelike diep onsteekte ding. Dit was te klein vir 'n luiperd. Te netjies vir 'n bobbejaan.

Buks het vasgesteek.

By die tweede bok was dit dieselfde storie.

Buks het stof opgeskop en na die lawa klippe se kant toe geblaf. Lukas het die geweer teen sy skouer gedruk en dit oorgehaal. Iets was nie pluis nie.

Buks het gestorm. Vasgesteek. Gestorm. Vasgesteek.

"Soek soek. Soek soek," het Lukas gepor en Buks het geantwoord met 'n lae grom en nog stof opgeskop, maar hy wou niks nader nie.

"Wie's daar, wie's daar!" het Lukas geskree en die hoendervleis oor sy rug en arms voel uitslaan.

Wetter!

Hy het net twee rondtes oorgehad en hy kon voel goed gaan nou lelik raak!

Die stof het oor die halfdood bossies gewaai en êrens het 'n voël gefluit.

Buks was tjoepstil.

Lukas het homself hoor sluk. Hy't gesien hoe Buks sy kop laat sak en sy lippe twee keer aflek en toe was dit verby. Asof iets uit die hemele verdwyn het en die gevaar oor was.

Buks het bakkie toe gedraf en sy plek op die passasiers sitplek ingeneem.

Gewoonlik sou hy by die Bokke bly, maar hy en Lukas het geweet hulle sal nie hulle lippe aan daai vleis sit nie. Die bokke het half vrot geruik. Lukas sal vanaand 'n skaap moet slag.

By die huis het hy die een karkas van die bakkie afgegooi en vir Motswedi gewys.

"Die goed lol by ons," het Motswedi gesê en weggeloop.

GEENFONTEIN

Dit was 1782 toe die plaas Geenfontein in die Uyse se hande gekom het. Uit die einste Uyse is Jan-Elrich Uys gebore en is ook die eerste wat as Groot Uys gedoop is. Hy was 6.5 voet en het 308 pond geweeg.

Sy hande was groot. Iets wat mens nie eintlik kan beskryf nie. Hande wat mens êrens in 'n boek oor sou lees.

Daar's gesê dat toe Jan-Elrich gebore was het hy 14 pond geweeg.

As 16 jarige het Jan-Elrich Uys in die Eerste Wêreld Oorlog geveg.

Hy kon geen Engels praat nie en het besluit om aan Duitsland se

kant te gaan veg.

Sy belangstelling was net die feit dat hy in 'n oorlog kon veg en hy het niemand se politiek eers verstaan nie. Maar veg sou hy veg.

In 'n loopgraaf in Togoland het hy vier Engelse met die vuis doodgeslaan toe hulle hom sonder ammunisie betrap het. Die vyfde het hy met 'n flaregun geskiet. Toe Lettow aan die Britte oorgee het Jan-Elrich begin loop na waar hy weet die kus lê. Hy sou in niemand se tronk sit nie.

'n Skip het hom terug Suid-Afrika toe vervoer. Die kaptein van die skip, 'n Brit, het hom net een kyk gegee en met 'n, "Come on board" is Jan-Elrich dae later in Durban afgelaai. Hy het

'n perd gekoop en 'n maand later by Geenfontein aangekom.

Toe hy terugkom op Geenfontein het hy sy ma gegroet, sy pa se hand gaan skud en 'n graaf gaan haal. Hy het 'n ent die veld ingestap en begin grawe. Vier dae later het hy in 'n vyftien meter diep gat gestaan en lag toe die water om sy voete begin borrel het.

Geenfontein het sy naam gehou. Maar die water het gevloei en die boerdery het goed gegaan.

Na die Tweede Wêreld Oorlog het droogte die plaas vir die eerste keer in lank geslaan. Dit was toe Oom Piet Uys wat die plaas verloor het, soos baie boere in die distrik oorgekom het. Hy was daarna vir tien jaar voorman op Manie de Beer se plaas en toe daar weer 'n droogte uitsak oor die Noord Kaap, het hy gesien Geenfontein is ook dor met die nuwe boer wat daarop sukkel en hy het 'n offer daarop gemaak.

Hy het sy plaas teruggekry en dadelik begin werk aan lusernvelde wat sou kon help keer vir vrektes as daar weer 'n droogte uitsak.

Behalwe vir Platkop was Geenfontein plat wêreld gewees. Daar was een groot plaashuis. 'n Opstal en pale waar hulle geslag het. 'N windpomp en damme.

Daar was volop Springbok en ander Karoo lewe wat mens net kon sien as jy in die veld gestap het.

Skilpaaie, jakkalse, korhane, aardwolwe, bobbejane, vlermuise, zebras en slange.

Daar het 'n rivier deur die plaas geloop maar dié was meestal droog. Boesman tekeninge was volop en elke geslag se kinders het Sondae na middagete, wanneer die ouers skuins lê, veld ingestap en daarna gaan kyk waar dit op plat klippe in die veld geteken was.

Die aarde het die generasies wat hier grootgeword het hard gemaak.

Die boere en die Engelse het mekaar deur Geenfontein se dor vlaktes gejaag en daar was grafte van daardie dae wat net met 'n stok in die grond gemerk was.

Geenfontein het al sy kwota van mense geeis en dit nou het gelyk of Geenfontein se grond weer dors was vir bloed.

SONDAG

Dis Sondag. Skemer. Lukas en Motswedi staan en trap sigarette dood terwyl hulle na 'n dooie skaap wat aan die draad hang, staan en kyk. Sy keel is af. Sy maag oop. Die stukke wol hang soos blomme op die draad waar deur hy gepluksleep is.

Tien, dalk vyftien jakkalse se spore in sirkels om hom.

"Die Here gaan ons moet help".

"Ja, ja Motswedi".

Toe Motswedi die laaste rook uit sy sigaret suig en die stompie uit sy mond wil haal om dit dood te trap laat 'n getjank, 'n klipgooi huis se kant toe, hom en Lukas albei, "Wat de ffffff…" .

Buks grom. Hare orent. Lukas maak hom nie stil nie.

Motswedi se knopkierie wys windpomp se kant toe.

Jakkalse, dertig van hulle, staan en hap-hap aan mekaar tussen die huis en die windpomp. En toe, skielik, asof besete, pyl die jakkalse reguit op hulle af.

"Shit, shit, shit…"

Lukas laat die .243 van sy skouer gly en korrel. Hy sukkel met die geweer se slot. Begin ruk, "neee!" Hy kry die slot onder beheer.

Druk die kolf teen sy skouer.

Die eerste skoot klap. DWA! Hoog. DWA! Die tweede skoot is raak.

Die knopkierie trek deur die lug.

"Motswedi jy gaan hom kort!"

Tevergeefs.

Die jakkalse is op hulle.

'n Gebyt, geknor, getjank.

Twintig of dertig skuimbekke wat na enkels en lieste en knieë byt.

"Fokkit!"

"Fffff!"

Die geweerkolf kap orals. Daar's nie tyd vir herlaai nie.

Motswedi swaai sy vuiste asof hy teen 'n bokssak oefen.

Daar is genoeg om te tref. Hy verander nie van posisie nie. Hy slaan net voor hom. Lippe styf teen mekaar gedruk. 'n Diep frons op sy voorkop. Twee, drie jakkalse hang aan sy boude. Vier aan sy bene.

Hy ignoreer hulle. Hy hou net aan slaan waar hulle van voor af kom.

Met elke hou gaan lê iets, val iets, kraak iets.

Nou huig hy na sy asem.

Die plaasbrakke, 'n mengsel van boerboele en rifruê, 'n skaaphond, 'n staffie, 'n worshond ding, trek 'n stofstreep van die stoep se kant af en skraap jakkalse. 'n Staccato getjankery vul die lug.

Twee, drie, toe vyf, ses bekke byt aan Lukas se regterenkel.

Begin trek. Pluk. Ruk. Al harder. Hy val. Hard. Pote krap sy gesig. Bekke hap aan sy wange, sy ore. Hy hou sy kop toe met sy arms. Sy hande oor sy ore. Hy moet sy nek beskerm! Hy rol en tol soos 'n krokodil wat iets gevang het. Hy skop soos 'n fietryer. Vinniger en vinniger.

"Aaaaaaaaaaaaaaaaaaaaaaaaaa!"

Motswedi hou aan slaan. Voete geplant soos twee bome. Die jakkalse val.

In-en-uit asem haal. Spoeg op sy lippe. 'n Geblaas en 'n gekners. Hy begin pluk. Hy kry jakkalse aan hul sterte beet en ruk hulle van sy lyf af. Hy gooi hulle neer, slaan hulle vlenters op die grond.

Aanhou slaan. Slaan. Slaan.

"Hhhuuuuuhhhhhhhhhhhhhhhh!"

'n Wolk stof omvou hulle. Bene en arms en pote en sterte breek elke nou en dan deur die stof.

'n Vuil skreeuende bruin wolk.

Lukas maak sy arms wyd oop en gryp vier of vyf lywe vas. Hy druk.

Harder. Harder. Harder.

Die tande en snawels en spoeg in sy gesig moet hy ignoreer. Iets kraak. Kraak. Die lywe word slap. Hy hou aan fietsry in die lig.

Snoete breek met elke skop. Ribbes. Ruê.

Die plaasbrakke se getjank raak al harder, benouder, al meer soos 'n geskree, 'n gekerm, 'n wete dat die dood oral is.

Die laaste twee jakkalse staan stil. Hulle weet hulle het verloor. Hul gee oor en probeer nie weghardloop nie. Buks, Santie, Joey, Remington en Skaap loop nader, bewus van hulle oorwinning. Hulle kry die twee aan die keel beet. Hulle hou vas en dis verby.

Motswedi bly staan. Vuiste gebal. Huigend. Trane wat loop. Hy begin huil.

"Nnnnnnngggggg, Tttttttt, uuuuu, wat de fok was dit?"

Lukas bly lê. Hande langs sy sy. Sy borskas beweeg op en af. In-enuit asem. In-en-uit.

Die honde se tonge hang by hulle bekke uit. Een na die ander begin hulle soos wolwe tjanksing.

Buks stap stadig nader en begin aan Lukas se gesig lek. Sy nek. Sy arms. Sy hande. Toe begin Remington en Santie ook. Hulle growwe tonge vind elke wond. Lek en lek en lek. Elke seerplek. Joey gaan staan by Motswedi. Begin lek. Sy vingers. Die gate in sy geskeurde broek. Sy kuite. 'n Bloed-en-stof-en-spoeg-modder.

Die son sak oor hulle en die stof vind stadig weer die aarde. Die donker omvou hulle langsaam.

Die maan kom uit en die silhouette van twee mans en die honde wat hulle wonde lek-lek verpleeg is die enigste teken van lewe op Geenfontein se werf.

Eers 'n uur na die donker oor die werf sak hou die honde op met lek en draai na mekaar, om hul eie wonde met hul tonge en 'n sagte getjank te verpleeg.

Motswedi sak op sy knieë en raak aan die slaap. Lukas lê reeds 'n uur en snork al saggies.

Die mans word wakker met die son wat hulle al laat sweet.

Hulle staan op en trek hulle skoene, hemde en broeke uit en verdwyn onder die water in die plaasdam.

Skaap het daai oggend nie wakker geword nie. 'n Bytmerk aan sy nek het hom deur die nag leeggebloei. Die middag daarna het Santie loop slaap en ook nie weer gewakker nie.

Daarna het die rifrug, Remington, al aan Motswedi se sy gebly en hom nooit alleen gelaat nie.

Motswedi het sy matras op die stoep onder Lukas se kamervenster gegooi en met Remington langs hom in die aande aan die slaap geraak.

DIE HAELGEWEER

Na die jakkalse so vinnig op hulle was is die .243 in die kamer gelos en die haelgeweer gehaal.

Dit was 'n ou polisieding wat al geblink het van al die konstabels wat dit oor die jare rondgedra het. Die bandolier kon twaalf rondtes dra en daar het vyf in die kamer ingegly.

Lukas se pa het dit op 'n vendusie gekoop toe die polisie nuwe wapens aangeskaf het en hy het 'n sagte plek vir die lelike ding in sy hart gehad.

Oor naweke, toe hy en Lwazi jonk was, het hulle soms die .22 by die huis gelos en saam met die honde tarentale gejag met dié haelgeweer.

Motswedi was nooit een vir gewere nie en as hy sou uitvind dat Lwazi skiet en jag sou sy gatvelle gebrand het, maar dit kon die twee nie stop nie.

Hulle het sommige naweke die 'sanna', soos hulle dit gedoop het, al weet hulle dis nie 'n sanna nie, gevat en veld toe gedrafstap.

Na elkeen twee of drie tarentale geskiet het het hulle vuur gemaak en gebraaide tarentaal vir middagete geëet.

Hulle kon nooit genoeg van dit kry nie.

Die blinkgevryfde metaal was koud onder sy hande en hy het weer Lwazi se gesig voor hom gesien terwyl hy rondtes in die kamer in druk.

DIT REËN

Die Saterdag aand het dit begin reën. 'n Ligte motreën. Die droë aarde het die water gulsig gesluk vir ure. Dit het al swaarder-en-swaarder begin reën en groot plasse het oor die plaas begin vorm. Die jonger skape het rondbaljaar en deur die water gespring en skop dat dit orals spat, en dit was asof hulle vir die eerste maal hul werklike voete vind.

Die swaar reën het nie opgehou nie en al meer dringend begin afkom tot alles deurdrenk was.

Teen middagete, vier dae later, toe die reën steeds nie opgehou het nie, het Motswedi en Lukas rook-rook na die plaasdam se wal gaan kyk.

"Die ding gaan breek".

Hulle is skuur toe en het leë sandsakke en twee grawe gaan haal.

Lukas het eers 'n draai by die huis gemaak en biltong op varsgebakte brood gesit, sommer so sonder botter. Hulle het kou-kou dam toe gestap.

Die stilte is slegs gebreek deur die 'sgggttik' van die graaf wat die modder oop kloof en die nat geluid van die reën en sandsakke wat swaar en nat op mekaar val.

Toe dit donker begin raak was hulle steeds besig om sakke te pak.

Motswedi het sakke vol sand gemaak en Lukas het geknoop en gestapel. Hulle het vyf pilare gepak wat sou help stut en toe dit stikdonker was het hulle besluit die wal sou hou. Die wal was skouerhoogte en net twintig meter lank, dit was nie rugbreek werk nie maar dit het tyd gevat.

Lukas het saamgestap toe Motswedi die grawe gaan bêre. Hy het die skuurdeur toegegrendel, 'n parafien lamp gevat, aangesteek en met uitgestrekte arm het hulle huiswaarts gestap.

By die huis Motswedi skielik vasgesteek. Daar was modder spore op die stoep.

SPORE

Die reën het vir die eerste keer in dae opgehou. Op die horison naby Carnavon het die weerlig geslaan en vir 'n sekonde was alles helder.

Die spore het twee draaie om die huis gemaak. Die een voet moes iets oorgekom het, of dalk was die man so gebore, want dit het gelyk of hy dit effe agter hom aansleep.

"Hy't hier gestaan by die venster. Die spore is vars. Dis nou se spore."

Lukas het die haelgeweer aksie hard terug gestoot en toe gestamp.

Daar was 'n plas water waar twee modder stewelmerke dik voor 'n venster gelê het.

Motswedi se knopkierie was in die huis en hy't sy knipmes oopgemaak en skuins agter sy rug gehou.

Hulle het al langs die muur geskuifel en die spore die werf in gevolg. Tien meter van die huis af moes die maan weer gaan staan het en na die huis kyk, want die spore was dieper as die res en het huis se kant toe gewys.

Die paraffien lamp was flou en Motswedi se oë het deur die donker gesny en die spore het hulle na die naaste skaapkraal toe gelei. Daar het dit verdwyn.

Lukas het vlak asemgehaal.

"Ons gaan hom nie kry nie".

Motswedi het sy kop geskud en beduie dat Lukas moet stilbly. Hy het sirkels begin loop deur die kraal. Al groter en groter.

"Hier't hy weer gestaan. Vir lank. Hier sleep hy sy voet. Hy's 'n maer man. Hy's of moeg of dronk. Hy loop nie lekker nie."

Die weerlig het die vlaktes vir 'n sekonde onthul. Lukas het geskrik en na die hoofpad se kant gekyk. Motswedi se oë het Lukas se kyk gevolg en toe die weerlig die hemel weer ophelder sien hy ook die silhouette van 'n man, vierhonderd meter weg, wat met 'n spartelende skaap onder die arm staan.

Lukas het die haelgeweer laat bulder. BOEFFFF! Sommer uit die heup uit. Die bokhael sou nie eens die man haal nie. Die man het omgedraai, gebuk, en gelyk of hy die skaap aan die keel byt. Die skaap het ophou spartel.

BOEFFFFF, Lukas het 'n tweede skoot laat bulder. Die man het regop gestaan en vir 'n ruk na hulle gekyk en toe die vlaktes in laat spaander met die skaap wat slap in sy arms hang en sy een voet sleep-sleep agter hom aan.

Die honde het vorentoe gespring maar Lukas se, "nee", het hulle al bewend laat stilstaan.

"Die honde het hom nie geruik of gehoor nie. Niks nie. Nie eens toe ons die spoor vat nie.

"Hulle het eers begin blaf toe ons hom sien. Die man het nie 'n reuk nie. Dis ook nie die reën wat hulle afgegooi het nie. Buks het al baie eende gejag. Die water stop nie 'n hond se neus nie. Hierdie man steek homself weg."

Terug by die huis het hulle vir spore in die kamers gesoek maar niks gekry nie. Net 'n stuk bloudraad wat tot op die sitkamermat gegooi was.

Motswedi het die draad opgetel en daarna gekyk. Hy't dit vir Lukas gegee. Lukas het gefrons en dit by die huis uitgeslinger.

Hulle het die deure gesluit en Motswedi het sy matras op die sitkamervloer getrek. Die honde het almal op die mat gaan lê. Hulle het gaan slaap sonder om te eet.

Die volgende oggend het Motswedi wakker geword met Lukas wat staan en rook en aan die modder spore op die stoep skop-skop.

"Gaan hy terugkom?"

"Hy't daai skaap se nek afgebyt. Net so. En gehardloop asof die ding niks weeg nie. Hy gaan terugkom."

"Ons gaan vir hom wag. Ons gaan strikke stel."

"Ons sal strikke stel. Groot strikke. Dan kan basie met die .243 op die windpomp se platform wag. Ek sal in die huis sit met die honde."

"Ons kan hom nie skiet nie."

"Maar ons kan hom so bang maak dat hy nie terugkom nie."

Motswedi het strikke begin maak. Vyf van hulle. Laat skemer het hy hulle al om die huis gestel.

Twee van hulle het hy op die stoep gestel en met draad aan die dakbalke vasgemaak. Die nagte is donker. Die man sal dit nie sien nie.

Toe die donker sak het Lukas 'n lyn gesny na die windpomp en op die platform gaan lê. Hy het die .243 teen sy skouer gedruk en oor die donker vlakte uitgekyk.

Binne die huis het die honde by Motswedi se voete aan die slaap geraak.

Die man het nooit sy opwagting gemaak nie. En met die son wat opkom het Motswedi in die sitkamer wakkergeskrik. Lukas was vas aan die slaap op die windpomp.

Daai nag het hulle weer hul plekke ingeneem. Na tien die aand het Motswedi gehoor hoe die stoepplanke kraak. Die honde het hulle koppe gelig. Met 'n sagte, "shhhhhh", het hulle nie aan't knor gegaan nie. Die stoep het weer gekraak. Motswedi het vir die skoot gewag. Maar dit het nooit gekom nie en die stoep het ook nie weer gekraak nie.

Die volgende oggend was daar twee pare spore. Albei het sleepvoete gehad. Die spore het weer 'n pad na die kraal gemaak en daar was bloed waar 'n skaap doodgebyt is.

"Ons gaan lanterns moet hang dat ons hom kan sien. Of 'n hond buite los. Ons moet die bliksem kry!"

EK KORT TABAK

"Ons praat nie daaroor nie, maar ons gaan moet dorp toe. Ons moet op die dorp loop kyk wat aangaan. Daar's vrouens met kinders. 'n Ouetehuis. Die groenteman Jose. Nie 'n kerk mens nie. Maar 'n goeie mens. Iets soos ons. Hy sou seker nie gevat gewees het nie. Daar kan mense wees wat mens kan help."

"Nee Motswedi. Jy neuk nou."

"Ek kort tabak."

"Hoe gaan ons maak? Wat as almal hulp soek? Ons het nie genoeg kos nie. Hou op rook dan hoef jy nie oor blerrie dorp toe gaan te worry nie."

"Die Jirre het ons gelos vir 'n rede basie. Dalk is daar nog 'n kans."

"Daar's geen kanse verder! Daar's net hiérdie! Ek en jy en die honde!"

"Wat sou Mart wou hê?"

"Wat de fok weet jy van Mart?"

Lukas het die veld ingeloop met die honde wat al om hom maal.

MART

"Mies Mart sou nie…"

Lukas het vir Motswedi met die vuis teen die kakebeen geslaan dat hy twee tree terug steier.

"Mart is weg! Hou op om te Mart, Mart, Mart. En hou op met die basie en miesies voor en agter. Ek was nog nooit jou baas nie!"

Motswedi het verstom na Lukas gekyk en die bloed met die agterkant van sy hand van sy lippe afgevee.

"Ek't saam met jou pa geboer. Ek't jou groot gemaak. Ek't Mart help grootmaak."

"Hou op om haar naam te sê…"

Motswedi het twee vinnige treë vorentoe gegee, sy vuiste gelig. Een hand teen die oor. Hy't vir Lukas 'n hou op die neus gegee en dit opgevolg met 'n regter wat Lukas van sy voete gelig het en hom hard op sy sitvlak laat sit het.

Motswedi se knie was op Lukas se bors en met sy linkerhand het hy Lukas se een pols gegryp en hom twee, vinnige houe, onder sy oor gegee.

"Sy's fokken dood! Sy's weg! Fok!"

"Jou pa is nie hier nie so ek sê jou nou. Jy moet ophou vloek in die selfde sin wat jy Mart se naam gebruik."

Hy't vir Lukas geklap.

"Jy't kwaai geword. Hoekom? Julle Uys'e was nooit kwaai nie. En jy glo nie. Hoekom glo jy nie?"

Hy't weer vir Lukas geklap.

Lukas het gerol en sy vuis in Motswedi se maag gebêre.

"Ummfgh"

Motswedi het gespoeg. Al die jare se kwaad het opgeborrel. Hy't vir Lukas aanhou slaan.

Lukas het sy hande probeer gryp.

"Jy suip soos 'n vis. Wie de hel is jy om vir my te sê wat ek mag doen. Jy sou nog op straat gewees het as dit nie vir my was nie."

Motswedi se oë het gerek en hy't 'n vinnige regter gegee. Lukas se neus het onder sy vuis gebreek.

Hy't sy hand oor Lukas se gesig gesprei en sy kop in die grond vasgedruk. Sy knieg op Lukas se rug.

Sy ander knieg op Lukas se regterelmboog. Hy't sy regterhand teruggetrek en Lukas 'n pothou op die oor gegee.

Bloed het by Lukas se neus in-en-uit geborrel.

Hy't vlak asemgehaal, "Mart, Mart…Mart."

"Sy's weg, sy's weg. Weg! Hulle is almal weg en hulle kom nie terug nie! Lwazi kom nie terug nie!"

"Ons sal dorp toe."

"Ja basie."

"Hou op met die gebaas. Ek was nog nooit jou baas nie! Lwazi was soos my broer!"

"Ja basie."

"Hou op karring!"

DORP TOE

Lukas het 'n boks bokhael gepak en twee bokse solids. Hy't 'n 9mm in sy belt gedruk. Hy was nie bang nie maar het drie ekstra magasyne vir die 9mm in sy sakke gedruk. Hy moes sy belt stywer maak anders sou sy broek afsak.

"Die enigste tyd wat jy te veel ammunisie het is as jy verdrink of aan die brand is," het hy sy oupa se stem gehoor.

Motswedi het die knopkierie gevat. Twee twee liter bottels water. 'N Bruinpapiersak met biltong genoeg vir dae se eet. Twee mielies wat die vorige aand op die vuur gemaak is. 'n Pak rosyne.

"Wat gaan jy met die gunne maak. Wie gaan jy skiet? Daai man wat die skaap gebyt het sal nie op die dorp wees nie. En ons is twee. Hy gaan ons nie alleen kan bykom nie."

"Het jy al ooit gesien dat jakkalse mense aanval? Nie eens 'n hondsdol jakkals doen dit nie. As die mense soos die jakkalse handuit ruk dan gaan ons moet beskerm."

"Dalk sal die tannies by die ouetehuis ons oorval en ons kos steel."

"Dan gaan ons hulle moet wegja met die geweer?"

"Spot maar. Ons weet nie wat daar aangaan nie. Jakkalse tree nie so op nie. En kyk wat het hulle gedoen. Daar's die tronk ook. Dalk is die bewaarder kom haal en die sleutels gelos. Daai mense sal nie gevat wees nie. Hulle is nog almal daar."

"Dis veediewe. Nie moordenaars nie. Boere wat dronk bestuur het en afkoel vir die naweek. Niks messtekers en goed nie."

"En daai knopkierie? Gaan jy hom los?"

"Ek los nie die knopkierie nie!"

"Nou ja toe!"

"Gaan ons die bakkie vat? Of die perde?"

"Die perde?"

"Ja, dat die mense ons nie hoor aankom nie. Dat ons eers kan kyk wat aangaan?"

"Hoekom mag die mense ons nie hoor nie? Ons gaan nie oorlog toe nie? Ons gaan dorp toe! Dis al daai movies kyk wat nou begin praat!'

"Ons het nie baie diesel nie."

"Ons het 'n hele tenk agter op die yard. Mies Mart was nooit so bang nie."

"Jy moet ophou met die Mies Mart ding!"

"Ja."

Vroeg die volgende oggend luier hulle met die bakkie by die dorp in.

Die strate is stil.

Carnarvon is klein.

Van Riebeeck straat loop in die middel deur en eindig by die ou Nederduits Gereformeerde kerk se deure.

Aan die ander punt waar die meeste plaas verkeer by die dorp inkom sit die poskantoor, Pepstores, 'n Husqvarna kettingsaag smous, 'n Spar, en Jose's Greens, nader aan die kerk is 'n gastehuis waar die manne op Saterdae altyd steak en chips gaan eet het, dan is daar 'n apteek, drankwinkel en 'n scrapbooking winkel.

By die kerk is daar twee groot systrate wat lei na twee tweedehandse motorverkopers en 'n plot waar trekkers en stropers verkoop word.

Dan is daar agt blokke met huise. So 70 van hulle. Die ouetehuis is tussen die huise gebou, asook die stadsaal en munisipale kantore. 'n Kilometer buite die dorp is daar 'n bord wat lees Carnarvon Korrektiewe Dienste.

Die bakkie luier die dorp in en Lukas parkeer voor die poskantoor.

By die enigste robot in die dorp staan daar 'n Hilux bakkie, 'n ent verder 'n Spar afleweringstrok wat besig was om te draai. Beide is leeg. Die winkels se deure staan almal oop. 'n Paar fietse lê in die straat. 'n Babawaentjie en 'n hoop Spar pakkies staan in die middel van Van Riebeeck straat.

Handsakke en selfone lê plek-plek.

 Motswedi steek 'n sigaret aan en hulle loop kerk se kant toe.

By die poskantoor lê daar 'n ry handsakke en koeverte waar mense gewag het vir hulle beurt om elektristiteit te betaal of pakkies van geliefdes op te tel.

Elektrisiteitsrekeninge en strokies van alle soorte is deur die wind oor die vloer gewaai.

By die Mr. Price se deur lê 'n walkie-talkie en polisie knuppel. Die wag s'n.

Lukas steek 'n sigaret aan en stap die Husqvarna winkel binne. Hy staan en rook voor die vertoon muur en kyk na die kettingsae.

"Ek't lus en vat vir my een," glimlag hy na Motswedi se kant toe.

Motswedi stap aan en steek vas by Jose's Greens.

"Petroshhh, hello," groet Jose, "you are my firsht customer in weeksh. Thish bloody town. Shchool holiday came early thish year I think. After 1994 who knows. New holidaysh whenever the A.N.C. wants. Shhit. But that's how de holidays goes. Always quiet for me. My phones been dead for weeksh weeksh and weeksh. Electrishity off. No delivery. Everythings a mesh. Eskom doesn't come. No Telkom. Nothing. Shit Lukash, hello, long time no see. Come in. Have a Coke. It's warm but have one".

Motswedi kyk vir Lukas. Lukas kyk vir Motswedi. Lukas trap sy sigaret dood voor die winkel, "'n Coke sal lekker wees dankie Jose."

Kom Motswedi wat staan jy so oopbek? Het jy jou maniere vergeet? Twee Cokes Jose".

Jose loop na die yskas en gaan haal drie Cokes uit.

"Wat nou? Ons gaan hom moet sê," fluister Motswedi.

"Hoe gaan ons?""

"Ek weet nie."

"Hy't lyk nie mal of iets nie."

"Ons kan hom nie net so los nie."

"Wat nou?"

"Ek weet nie!"

"Moenie jou moer pluk nie. Jy weet ook nie wat om te doen nie."

"Kom ons gaan kyk eers die plek deur. Ons gaan kyk na die ouetehuis. Ons gaan Spar toe. Dan kom ons terug."

"Ek gaan hom sê."

"Hoekom? Los hom net. Hy's okay."

"Nee man. Dalk is hy nie okay nie. Ek't n blerrie haelgeweer oor die skouer en hy't niks gesê nie."

"Shit."

"Shit."

"Los dit vir eers. Ek sê jou weer. Ons drink die Cokes. Ons gaan kyk wat gaan in die dorp aan. Ons gaan kry wat ons nodig het vir die plaas en dan kom praat ons met hom."

Jose vertel oor sy kinders. Toe die telefoon nog gewerk het het hy van hulle gehoor. Hy't ook fotos van die jongste gekry. Dié gaan volgende jaar graad een toe. Hy word nou oud. Kom nie meer baie uit nie. Met sy woonstel bo die winkel sien hy maar min van mense.

Hy wil weet oor die plaas. Mart? Die boerdery?

"Ons gaan dit mooi moet verduidelik," sê Lukas toe hulle uitstap, "sy flippen hart gaan dit nie maak nie."

Motswedi kruis die pad en steek sy kop by elke winkel in. 'n Kat miaau by die scrapbooking winkel en kom skuur teen hulle bene.

Motswedi probeer hom optel maar die dier wikkel sy lyf so paar keer en hardloop weer by die winkel in.

Hulle stap van deur-na-deur. Alles leeg.

'n Paar honde op straat kyk verskrik na hulle en slink weg toe hulle hulle soen-soen nader probeer roep.

Naby aan die kerk lê 'n rottweiler. Keel af. Maag oop. Lukas kyk vir Motswedi.

Hulle stap elke straat deur. Al die huise is leeg.

In Mostert straat sien hulle 'n gesig agter 'n gordyn verdwyn. Dis 'n ou man.

"Oom. Is als reg daar Oom?"

"Wyk," skril 'n stem van agter die gordyne, "staan terug heiden. Ek is gewapen."

"Ons is hier om te help Oom," sê Lukas onseker, "hoe gaan dit vandag met Oom?"

Die eerste skoot klap. Lukas hop kant toe. Hou sy arm vas. Hy sien 'n windbuks koeltjie onder sy vel uitsteek.

"Oom!?"

Die tweede skoot klap, toe 'n derde. Motswedi gryp sy ribbes.

"Hel".

Hulle hardloop straat af tot by die plot wat trekkers verkoop. Nog 'n skoot klap. In Motswedi se nek. Een tref Lukas op die rug. Hulle hardloop koes-koes weg. Ver af in die straat skiet-skiet die oom nog op hulle.

"Sekere mense is vir 'n rede agtergelos."

Hulle stop en krap eers koeltjies uit hulle arms uit.

Die klere het die ergste gestop.

Die Carnarvon Korrektiewe Dienste bord staan bo hulle uit. Lukas span die haelgeweer.

"Ons moet gaan kyk." Motswedi skud sy kop.

"Onthou, dronkgeword boere en veediewe."

'n Korrektiewe dienste bussie staan by die oop hek van die tronk. Hy het in die muur vasgery. Sy deure is toe. Die tronk se hek staan oop.

Reg vir die trok om in te ry.

Hulle stap stadig in.

'n Bordjie dui die ontvangs aan. Die telefoon by ontvangs is van die mikkie af. Die kantore is leeg.

'n Stank groet hulle in die gang.

"Iets vrot".

'n Toe deur met 'n bordjie bo aan wat OPSIGTER lees se deur is toe.

Binne sit 'n man agter 'n tafel.

Sy hand nog op sy linker bors asof hy daaraan gegryp het.

Sy telefoon is ook van die mikkie af. Hy is erg ontbind.

"Heart attack," sê Motswedi.

Lukas stik, "dit stink. Kom ons gaan".

Motswedi trek sy gesig.

Lukas loop voor. Hulle kies kant selle toe. Hy hou sy haelgeweer reg. Die seldeure is almal toe. Dis doodstil.

Hulle voetstappe klink hol op die metaal trappe. Dit eggo deur die tronk.

Hul asemhaling en die hol geluid van hul skoene op die trappe is die enigste hoorbare iets.

Op die tweede vloer skyn die son deur klein diefwering vensters.

'n Groot plas water lê oor die hele vloer. Êrens moes 'n kraan wat deur 'n reëntenk gevoer word oopgebly het. Hul stewels maak sagte plasgeluide op die vloer.

Motswedi wys na die eerste seldeur. Hy staan op sy tone en kyk deur die venster. Dis effe donker binne. Die son wat breek deur 'n klein venster is die enigste bron van lig. Die seldeure werk met sleutels.

Hy trek daaraan. Dis gesluit. Hy kyk binne in. Ten spyte van die een venster is dit steeds te donker in die sel.

"'n Flits?"

"Ek loop haal."

Lukas staan alleen en wag dat Motswedi terugkom.

Hy wonder of hy moes alleen agterbly. Dan klink die hol geluide van Motswedi se stewels weer.

Motswedi loop hom verby, staan op sy tone en lig deur die seldeur.

"Dis leeg. As die deure alles gesluit was dan het die manne nie vir vier weke kos gehad nie. Ek ruik niks hier vrot nie".

Lukas hardloop na die tweede sel. Hy gryp die flits en soek deur die klein venstertjie. Die derde sel. Die vierde. Die vyfde. Sesde.

Sewende. Hy hardloop al vinniger.

"Dis als leeg!"

Motswedi stap stadig en kyk by elke venster in. Hy trek aan elke deur.

"Ek verstaan nie. Al hierdie sleg bliksems! Wat de fok gaan aan?

"Wie laaste is sal eerste wees…."

"Wat soek ek nog hierso! Wat het ek gedoen?"

"Dis hoe dit is," sê Motswedi sag, "Kom. Ons gaan Spar toe. Ons kort wasgoete, ons klere stink al 'n week lank. Dan gaan praat ons met Jose."

Lukas trek die bakkie voor Spar se ingang in. Dit stink binne. Die vleis het alles gevrot. Die kaas en melk ook. Hulle stap deur die winkel. Daar staan trollies orals. Handsakke op die grond. 'n Babawaentjie.

"Hulle kon nie almal so goed gewees het nie!"

Motswedi ignoreer hom, "wat kort ons?"

"Min, die plaas het alles."

"Maar kom ons vat. Ons kan voor die windbuks oom se huis gaan aflaai. Vir Jose vat. Dalk moet hy saamkom plaas toe."

Hulle pak die bakkie vol. Seep. Batterye. Blikkies kos. Konfyt. Kerse. Nog seep. Coke. Houtskool. Toiletpapier. Hondekos. Lukas vat 'n pak servette. Hy't altyd 'n ding oor sy snor gehad as hy eet. Pap. Rys. Dettol. Long life melk. Vuurhoutjies. Paraffien. Skoonmaakmiddels. Shampoo vir die honde. Sjokolade. Chips. Speserye. Mieliepap. Tydskrifte. Hulle vat als wat die bakkie kan vat.

"Dis alles. Die bakkie is vol Motswedi."

Motswedi kyk na die drankwinkel, en vryf sy oë asof hy hooikoors probeer wegvee.

"Kom ons gaan na die ou man toe."

Voor die ou man se huis skree Motswedi, "Ons los kos. Ons is op Geenfontein as baas plaas toe wil kom. Hier's snaakse goed aan die gang! Ons kan help. Hier's rys en eiers, chocolate, sepe, blikkies van alles.""Los my uit damnit! Ek ken gemors soos julle! Julle soek net my goed! Ek is gewapen!"

Die windbuks klap. Motswedi duik agter die bakkie in.

Die stof staan soos Lukas wegtrek.

Hulle stop voor die Husqvarna winkel en mik na Jose's.

Lukas gaan staan voor die kettingsae in die venster, "Ons gaan dalk een nodig hê".

Lukas gryp 'n kettingsaag. Motswedi ook.

"Ek soek ook nog altyd een".

By die bakkie staan en weeg hulle eers die sae in hulle hande.

"Hnnnn, hnnnnn," staan Motswedi en maak of hy saag.

"Hnnnnnn, hhhhhnnnnnnn" lag Lukas.

"Hnnnnnnnnnnnnn! Hnnnnnnnn! Hhhnnnhhhnnnnn!"

Hulle sit die sae agerop en draai na Jose se winkel toe.

Oorkant die pad staan 'n man en kyk vir hulle.

Hulle kyk terug na hom.

"Hallo," roep Motswedi. 'n Frons op sy gesig.

Die haelgeweer se loop kom regop.

"Oom," roep Motswedi en gee 'n tree voor Lukas in.

Hy druk die loop dat dit grond toe wys terwyl hy nader stap.

Die man loop nader. Lyk of hy iets wil soebat. Hy's maer. Hy kreun.

Die haelgeweer se loop sak verder.

"Is Oom okay?" vra Lukas.

Die man val vooroor in Lukas se arms in. Sy oë is skeel en Lukas kan nie besluit watter oog die een is wat 'reg' kyk nie.

"Oom? Oom?"

Die man kyk op en byt na Lukas se keel. Hy kry 'n stuk van Lukas se kraag beet en begin ruk en knor. Hy laat nie gaan nie.

"Aaaaaahhhhh!"

Lukas begin stamp en ruk. Harder. Vinniger. Harder.

Motswedi se oë rek. Hy swaai sy arms asof hy vir 'n gehoor wil wys hulle moet opstaan. Toe eers kry hy die ou om die nek beet en ruk hom van Lukas af.

Lukas staan vooroor gebuk. Skrik op sy gesig. Sy hemp is geskeur. Hy haal vinnig asem.

Die man lê bedaard in Motswedi se arms. Motswedi se spiere bult soos hy hom vashou om sy nek. Die man draai stadig-stadig om en wriemel homself so dat hy na Motswedi kyk. En hap na sy nek.

"Nee man! Wat maak jy?"

Motswedi strek sy arms reguit uit en hou die man so. Die man rol uit sy arms uit. Soos 'n dier wat in sy slaap iets doen wat hy nie van bewus is nie. Hy gaan weer vir Motswedi se keel. Motswedi val met die man bo-op hom.

Lukas kap hard met die haelgeweer se kolf.

Die man word slap. Lukas kap weer. Nog 'n keer. Iets kraak-klap.

Die man word slap. Hy lê.

Lukas gryp hom aan sy enkels en trek hom van Motswedi af.

Motswedi skop wild in die lug, en vee oor sy lyf asof hy bye wegjaag.

Die man bly lê. Tien sekondes. Skielik staan hy op en hardloop op Lukas af. Arms uitgestrek, mond oop.

BOEFFF! Die haelgeweer bulder.

Die man het 'n gat in sy linkerbors so groot soos 'n vuis.

Hy val. Staan weer op en loop stadig na Lukas toe.

"Wat?"

BOEFF!

Die man val en bly lê. Daar is niks van sy kop oor nie. Hy staan nie weer op nie.

"Lukash, what you doing? What you doing? It's oom Klaas! What you doing?"

Jose hardloop op wat oorbly van oom Klaas af.

"Oom Klaas! Oom Klaas? Lukash?"

Hy stamp aan Lukas. Hy stamp weer.

Motswedi vat hom aan sy skouer, "Jose, nee, nee. Nee!"

Lukas druk die spartelende Jose teen 'n muur vas, "Jose, Jose, wait."

"Wag Jose. Luister. Ons moet iets vir jou sê! Jose stand still man!"

Oppad plaas toe sit Jose doodstil en kyk die heeltyd na sy hande.

Toe Lukas en Motswedi in die straat voor sy winkel vir hom verduidelik het wat gebeur het, het hy gewoon oor hulle skouers in die pad af gestaar en niks gesê nie.

Daarna het hy op die teer gaan sit en sy hande op en af teen sy bene gevryf. Hy het sy hemp uitgetrek en dit in 'n bondel gevou en dit op die teer gegooi.

"My grandchildren".

Lukas het vir hom gesê om klere en enigiets wat hy nie agter wil los nie te gaan haal. Na tien minute se soebat het Motswedi hom aan die arm gevat en saam met hom na sy woonstel bo die groente winkel geloop.

Jose het op sy bed gaan sit en aanhou vryf aan sy bene.

Motswedi het rondgekrap vir 'n sak of iets en 'n ou bruin weermag bulsak in die kas gekry. Hy het 'n paar skoene, onderbroeke, hemde en baadjies daarin gegooi.

Op Jose se bedkassie is 'n foto van sy oorlede vrou, kinders en kleinkinders wie al lankal nie meer op Carnarvon woon nie, hy vat dit ook.

Jose het saam met hom afgeloop en toe Motswedi vir hom die passasiers deur oopmaak het hy dit geignoreer en agter op die bakkie tussen al die goed wat hulle by Spar gebuit het gaan sit.

Die pad Geenfontein toe is stil en mooi. Die son het oor die Karoo begin sak.

Die ou mense sê dat die Karoo se bosse nie altyd so laag was nie.

Dat dit mens altyd so heup hoogte gevang het. Mens kan dit sien as jy na skilders uit die laat 1800s se werk kyk.

Die skape wat die boere so blerrie ryk gemaak het, het die karoo plat gevreet tot net klein bossies en sand oorgebly het.

Die bruin aarde het oranje, en toe pers geword, en die son het gesak.

Dit was diep skemer toe hulle op Geenfontein aankom en die honde het hulle blaffend by die plaashek gekry.

Hulle het die bakkie begin afpak en toe dit goed donker is het Lukas stop geroep en besluit dat hulle die volgende dag sou aangaan.

Daar is vuur gemaak en gebraai. Jose het langs die vuur gestaan en toe die vleis amper eetbaar was het hy by die huis ingeloop en op die bank aan die slaap geraak.

Motswedi en Lukas het geëet, gerook, sjokolade en Ultramel geëet en 'n droomlose slaap gaan slaap.

'n Koue motreën het die volgende dag aangekondig.

Lukas en Motswedi het die windpomp wat al vir 'n paar dae elke nou en dan stop gaan ghries en rokend gestaan en kyk hoe hy weer aan die lewe kom.

Die brak water het sluk-sluk begin loop en hulle het hul hande daarin gesteek en aan die water gedrink asof dit die laaste en die eerste water is wat hulle ooit geproe het en sou proe.

Lukas het vir Motswedi vertel hoe hy toe hy klein was gewens het die windpomp het Lemon Twist gepomp en dat hy dan daarin souswem en groot slukke vat.

Motswedi het vir hom gelag en hulle het in die motreën huistoe gestap asof die wêreld niks makeer nie.

By die huis het Jose nog geslaap en hulle het eetgoed op die kombuistafel gelos en is weer veld toe.

Die skape moes gespuit word voor die winter en hulle het die perde opgesaal en met swepe die goed begin aanjaag.

Lukas se pa het in klein krale wat dikwels afgewissel word geglo en hulle het twee dae nodig gehad om al die skape aan te jaag.

Aan die einde van die eerste dag het hulle poegaai op die plaas aangekom en eers 'n draai by die windpomp gemaak waar hulle geswem het.

Jose het op die stoep gesit, nogsteeds in dieselfde klere waarin hy geslaap het. Langs hom was 'n oop pakkie Salticrax. Die honde het op 'n afstand na hom sit en kyk en elke nou en dan saggies getjank. Sy een skoen het in die erf gelê.

"As jy weer iets na een van my honde toe gooi sal ek jou weer by die winkel gaan aflaai," het Lukas gesê en sonder 'n verdere woord by die huis ingestap.

Motswedi het langs Jose gaan sit, die pakkie Salticrax opgetel en aan 'n koekie begin kou.

MICHELLE

Jose het sy bord kos gevat en op die stoep gaan sit.

"If all's gone wrong, and everyone's gone, why did Michelle Steenekamp and her two kids come by the other day and buy food? Why are they okay?"

Motswedi het opgespring, die bakkie sleutels gegryp en begin hardloop.

Lukas het sy bord kos op die grond gegooi dat die skerwe en bredie spat.

"Are you stupid Jose? Hoekom praat jy nou eers?"

Lukas het die haelgeweer, .243 en 9mm gegryp en na die wagtende bakkie toe gehardloop,

"Buks, Joey, Remington, heel, heel, heel!"

Motswedi het die bakkie om elke draai gedruk en het amper 'n paar keer die ding gerol, maar nie hy of Lukas het iets gesê daaroor nie.

Die dorp was op die horison en hulle kon sien dat die son nog net 'n uur sou bo bly.

"Die diesel is laag," het Motswedi gesê toe hulle oor die eerste stopstraat jaag. Hy het die haelgeweer by Lukas gevat en ekstra rondtes in sy sak gesteek.

Michelle Steenekamp was 'n onderwyseres op die dorp en elke graad eentjie het sy of haar somme en krulletjies-skrif by haar geleer.

Sy het in 'n klein woonstel naby die hoofstraat gebly saam met twee skaaphonde en 'n kat.

Sy was met 'n boer getroud en hulle het gelukkig gelyk. Hulle was betrokke by die kerk. Ouerdae by die skool. Als normaal. Hy was effe styf, maar watter boer kon nou eintlik goed kommunikeer?

Die dag toe die tweeling hul verskyning maak het Michelle dorp toe getrek na dié woonstel toe.

Haar man het nooit weer kerk toe gekom nie en toe almal weer hoor het hy in Australië gaan boer.

Die tweeling het gemaak dat sy 'n beter onderwyseres was, so niemand het gekla of vrae gevra nie.

Sy was sag op die oog so daar was altyd mans wat kon, en wou, help met afdak opsit toe sy haar kar kry, of pype regmaak as iets breek by die huis.

Die tannies van die dorp het hulself oor haar ontferm en so het Michelle se lewe goed aangegaan.

Sy was ook vriende met Mart en Lukas en sy het goed klaargekom met als wat sy nodig het.

Die tweeling was nou al vyf jaar oud en sou volgende jaar graad een toe gaan.

Lukas het nog altyd met geld uitgehelp as die kinders iets nodig gehad het en die drie was gereeld op die plaas oor naweke.

Michelle was amper deurskynend wit en het 'n bos swart hare gehad met blou oë.

Ierse bloed êrens het mense gesê.

Die twee laaities was sulke maer orrelpypies en het heeltyd ge- "ja Oom," en "ja Tannie".

Die bakkie het voor die deur gestop en die honde is eerste uit. Lukas en Motswedi het die deur oopgeskop en Michelle en die kinders het verwilderd na hulle gekyk.

Toe die kinders die wapens sien het hulle geskree soos maer varke.

Lukas het toe eers besef sy hare en kleredrag lyk nie meer soos iets wat hy voor mense kon dra nie.

Buks en Remington het ingehardloop en toe die laaities hulle sien het hulle opgespring en die honde om die nek gegryp en begin speel.

"Ek dog julle is weg! Ek dog almal is weg. Ek't nie geweet wat om te doen nie. Wat gaan aan?"

"Ons moet ry Michelle. Goed lol hierso in die dorp. Seker die hele land. Amper almal is weg en daar's gediertes wat ek nog nooit van gehoor het nie wat in die aande pla."

Michelle het opgestaan en twee broeke en 'n paar hemde elk vir die seuns, en die kos wat hulle oor het, in 'n paar sakke gestop.

"Ons is reg om te gaan".

Michelle en die twee laaities het voor by Motswedi ingespring en Lukas het agter op gesit saam met die honde.

Motswedi het voet in die hoek gesit.

Om die eerste draai het hulle iemand hoor skree. 'n Man het in die straat afgehardloop gekom, "help, help, heeeeeeeellp!"

Die honde het mal geword en gemik om af te spring van die bakkie af, maar Lukas het hulle met 'n harde, "nee" gestop.

Agter die man het daar twintig-of-wat ander mans en vroue aangehardloop gekom. Hul klere verniel en bebloed. Die man het teruggekyk en begin gil, "aaaauuugghghhh"!

"Stop, stop, stop, stop," het Lukas geskree, "reverse!"

Motswedi het die kar in trurat gesit.

Lukas het opgestaan en die pistool gespan. Die groep wat die man gejaag het, het hom gevang, hom platgestamp en toe aan hom begin byt en kou.

"Wetters!" het Lukas geskree en die magasyn op hulle leeggemaak.

Hy het agt of nege platgetrek met kopskote.

Hulle het van die man vergeet en na die bakkie gehardloop.

"Ry"!

Een of twee het weer opgestaan.

Lukas kon sien hy het hulle al reeds in die bors getref, hy het seker gemaak die volgende skote het als bo die nek getref.

Motswedi het so ent vorentoe gery en het weer gestop dat hulle dalk die man kan help.

Hy het by die deur uitgelê en die haelgeweer het in sy hande gedoemp-doemp-doemp-doemp.

Hy het nog vyf mans platgetrek.

En toe's dit verby.

Hulle het uitgeklim en oor die man gebuk. Hy was dood. Sy nekspiere alles afgebyt. Mens kon senings en are en goete sien.

"Ons moet gaan. Ons moet wegkom. Ons moet dieper die Karoo in.

Ons gaan die plaas moet los!"

Motswedi was nog besig om te praat toe die man begin skop en ruk en sy arms oral swaai.

Hy't skielik opgestaan en met 'n gegil op hulle afgehardloop.

Sy maag was ook oop en sy derms het oral geswaai.

Hy het gehardloop asof niks hom makeer nie. Agter hom het hulle nog meer gediertes om die hoek sien kom.

Die haelgeweer het weer ge"doemp" en die man se kop het aan flarde gespat. Hy het inmekaar gesak.

Die bakkie het 'n stofstreep by die dorp uit gemaak.

'n Groep mense het hulle al slingerend agtervolg.

"Ek dink hulle hoor die kar! Hulle agtervolg die geluid!"

Die son en die dieselnaald het saam-saam stadig gesak en toe die donker skielik net deur die Isuzu se kopligte gebreek word het die bakkie sy eerste sluk gestotter. Die tenk was amper leeg.

Motswedi het dadelik na 'n laer rat gegaan en teen 30 km/h vorentoe gekruip.

Die pad het effe gedaal en Motswedi kon meeste van die tyd free.

By die bulte het die bakkie gesluk en Motswedi het die stuurwiel eers links, dan regs, dan weer links geslinger dat die diesel die pad na die enjin kon vind.

"Ons gaan okay wees," het Lukas vir Michelle gesê terwyl hy by die bakkievenster in lê.

Hy het teruggesit en sy vingernaels stadig op-enaf oor die groewe van die .243 se hout gekrap soos sy gewoonte was.

Die bakkie het gestotter en finaal tot 'n stilstand gekom. Die honde het afgespring en die bakkie gespanne begin sirkel.

"Bly eers," het Lukas vir Michelle en die kinders gesê.

Motswedi het 'n pakkie uit die cubby hole gehaal en agt rondtes in die haelgeweer gestoot.

Lukas het die 9mm se twee magasyne volgemaak. Hy het 'n byl van agter die bakkie gehaal, die haelgeweer oor sy skouer geslinger en met die byl in sy hand na Lukas gestaan en kyk.

"Vanaand gaan 'n lang aand wees".

Motswedi het voor geloop met Michelle en die twee seuns agter hom. Lukas en die drie honde het agter geloop.

Na 'n uur se stap het Michelle langs Lukas gaan loop.

"Mart?" het sy saggies gevra.

Die klippies het onder hulle stewels gekraak en dit was lank voor Lukas iets gesê het.

"Sy is weg. Saam met die ander. Ek het altyd gedink sy sou so gaan. 'n Wonderwerk soos sy kon nie gewoon gaan nie. Nie met siekte of eendag oud onder 'n laken nie. Maar noudat ek jou en die kinders sien wonder ek. Hoekom is julle nie gevat nie?"

"Alles gebeur met 'n rede Lukas. Ons moet net glo".

Lukas het gesnork en in stilte verder geloop.

"Jy gaan moet begin luister na die mense om jou Lukas," het Motswedi gesê en sy kop geskud.

Die seuns kon na twee ure nie meer nie.

Lukas en Motswedi het elk 'n kind op die rug gelaai en hulle het verder geloop.

Die plaas was 30 kilometer van die dorp af. En met die kinders en die donkerte wat elke gat en klip wegsteek het dit stadig gegaan.

"Ons moet rus".

Die laaities was vas aan die slaap en Motswedi en Lukas het hulle neergesit op twee hemde wat Michelle op die grond oopvgegooi het.

Die honde het langs die kinders gaan sit en aan die slaap geraak.Lukas en Motswedi het 'n sigaret gedeel en Michelle het na 'n ruk 'n trek of twee gevat al was sy nooit 'n roker nie.

Hulle koppe het begin knak.

'n Gil het die stilte gebreek. Dit was ver weg maar genoeg om almal weer aan die stap te kry.

Remington het diep geblaf en in die rigting van die gil gehardloop.

Motswedi het gefluit om die hond terug te bring, maar toe Remington nie stop nie het almal stil aangestap.

Hy was geteel vir wat hy nou doen. En as hy ten minste een gedierte-ding kon platrek, of hulle stop, dan sou hulle meer tyd kon wen.

Die gille het al nader gekom en die honde se hare het nou permanent regop gestaan. "Ons gaan moet hardloop".

Die kinders het geklou vir al wat hulle werd is. Om met 'n kind te hardloop is nie maklik nie en als het geskud en geswaai en hulle kon nooit vinniger as 'n drafstap nie.

Die jongtse, Braam het begin huil, en toe trek Willem ook los.

"Stop, stop" het Michelle gesê en die twee, sommer so op Lukas en Motswedi se rug, nader geruk, "Vanaand gaan ek julle nie laat huil nie. Vanaand kan ek nie troos nie. Julle gaan vanaand moet sluk seunas. Anders is ons almal dood."

Die twee het gesluk.

Die gille het nader gekom en Buks en Joey het gestop.

Die skemer het pers gebreek. Die gille het nader-en-nader gekom.

Die volgende gil was skaars vyftig meter weg. Buks het ge-"boewoef" en stof opgeskop.

Lukas het vir Braam aan die arm beetgekry en hom grond toe geswaai.

"Daar's die huis Michelle, hardloop!"

So twintig gediertes het uit die skemer verskyn en op Motswedi en Lukas afgepyl.

Michelle en die seuns het begin hardloop.

Die honde het aangeval.

Motswedi het die haelgeweer gelig en skoot-na-skoot afgetrek terwyl hy stadig vorentoe loop.

Hy het gate deur die gediertes geskiet maar hulle het aanhou kom.

"Kop skote Motswedi. Kop skote. Wag tot hulle nader is!"

Lukas het gekorrel. Tap-tap, tap-tap. "Skiet so!"

Motswedi het gewag en elke keer, amper te laat, die haelgeweer laat praat.

Die honde was oral. Het oral gebyt. Oral iemand platgetrek en hulle koppe probeer afskeur.

Joey is beetgekry en gebyt. Buks het laat gaan waar hy besig was en haar gaan red. Maar sy het geval.

Om hulle het daar gediertes gelê. Lywe aan vlarde geskiet. Joey het skielik begin ruk en tol en opgespring en vir Buks geknor en hom probeer byt. Hy het haar beetgekry en geruk tot haar kop afskeur.

"Die honde kry dit ook."

Buks het gestaan en aan 'n wond gelek en Lukas het sy 9mm na hom gewys.

"Buks is gebyt Motswedi."

Buks het vir Lukas in die oë gekyk. Hy het huis toe begin loop.

Lukas het die pistool laat sak.

"Dalk kry nie almal dit nie".

By die huis het Lukas laat Michelle en die twee seuns hulself in die hoofslaapkamer tuismaak. Hy het 'n slaapsak in die sitkamer by Motswedi gaan gooi. Jose het aandagtig na die hele storie geluister en toe op die stoep gaan sit en aan 'n sigaret sit en suig. Hy het nie 'n woord gesê nie.

ONTBYT OP GEENFONTEIN

Lukas het spek en eiers gemaak vir ontbyt. Almal was dood honger en het tweemaal groot geskep. Daarna het hy aarbeie uit die tuin gaan haal en suiker daaroor gestrooi.

Dit het soos 'n gewone dag gevoel. Die kinders wat aanhoudend praat. Die brakke wat die borde uitlek toe almal klaar is. 'n Vrou by die tafel wat vir hulle grappe lag.

Net Jose het alles so half sleg gemaak. Hy het min geëet. En elke nou en dan hard gesug.

Na ete het Lukas die seuns gevat om na die plaas te kyk.

Hy het die .243 saamgevat en toe hulle 'n springbok in die verte sien het hy besluit die oudste laaitie gaan niemand anders hê om hom te wys hoe om te jag nie.

Hulle het agter die bok begin aanstap. Hulle was so 'n kilometer die veld in toe daar iets naby genoeg staan om 'n skoot te waag.

"Jy gaan jou asem moet intrek en dan helfte uitblaas. Ja, net so. As jy reg is kan jy trek," het Lukas gesê terwyl hy sy een oor toedruk.

Die skoot het geklap. Raak. Lukas het geglimlag en die lat op die skouer geklop, maar dadelik besef die geraas was 'n fout.

'n Skril geluid het die lug gevul.

Lukas het die geweer by die seun gegryp.

"Hardloop. Huistoe!" het hy geskree en die voortou geneem.

Hy het skote van die huis se kant af gehoor. Hy kon sien hoe Motswedi die veld in loop met die haelgeweer wat elke paar sekondes bulder.

'n Groep man- en vrougediertes het op Motswedi afgestorm.

Hulle klere was byna heeltemal geskeur en hulle vel het gelyk of dit oor jare deur wind en weer afgedop en gekraak is.

Lukas het gaan staan en die geweer teen 'n boom laat rus en die eerste man deur die teleskoop van die .243 gesien.

Hy't die sneller getrek en gekyk hoe die man se kop in stukke spat. Hy't oorgehaal en dit weer gedoen. En weer. En weer. En weer.

Hy het al nader aan Motswedi begin beweeg en gesien hoe sy patrone opraak.

Gesien hoe Motswedi die haelgeweer aan die loop beetkry en hom begin swaai.

Gesien hoe Motswedi val en hoe daar vyf of ses mans op hom toesak. Lukas het gehardloop en geskree.

Buks het op die hoop mans gespring en hulle aan hul hare beetkry en ruk.

Lukas het verby die huis gehardloop. Verby Jose wat gewoon op die stoep sit met 'n verstarde uitdrukking op sy gesig.

Hy het Michelle aan die arm beetgehad. Sy het 'n kombuismes in haar hand gehad en geskree dat sy wou help.

Maar Jose het haar gewoon vasgehou en gekyk hoe Motswedi onder die hoop mans verdwyn.

Lukas het met sy geweerkolf begin slaan en gesien hoe Motswedi drie mans om die nek beet het dat hulle hom nie kan byt nie.

"Dit moet nou klaar. Asseblief dit moet nou klaar. Here dit moet nou asseblief end kry," het Motswedi geskree terwyl hy so hard druk dat Lukas die drie nekke hoor kraak.

'n Rukwind het oor die vlakte aangerol gekom en vir Lukas hoog die lug ingeruk en hom twee meter verder op die grond neergegooi.

Hy het sy wind uitgeval maar dadelik begin spartel dat hy weer die geweer reg kan kry.

Toe hy opstaan en om hom rondkyk was Motswedi skoonveld. Net sy paar skoene het agtergebly.

Michelle en Jose was ook weg. Lukas het nie eens gaan kyk vir die seuns nie want hy het dadelik geweet hy sal hulle nie in die huis kry nie.

"Neeeee!" het hy geskree en die .243 flenters teen die grond geslaan.

"Neeeeee! Hoekom? Hoekom het Jy my gelos?" Hy het in die stof gaan sit en na sy asem gesnak.

Hy het om hom rondgekyk en gesien hoe 'n vrou-gedierte stadig oor die vlakte aangeloop kom.

Sy het haar een voet gesleep. Sy het 'n wit rok aangehad wat flenters geskeur was en hy kon die bloed en siekte aan haar sien.

Hy het die geweer aan die loop opgetel en na haar gehardloop.

"Af van my plaas af! Af! Ek gaan julle almal doodmaak! Af!"

Hy het die geweer hoog oor sy kop opgetel.

Toe hy tien tree van haar af is het hy gestop. Hy het die geweer laat val.

"Mart?"

Sy het gekreun en toe hy sy hand na haar uitsteek het sy hom aan die hand gebyt.

Hy het haar aan die skouers beetgekry en haar nader aan hom getrek en haar styf vasgehou.

Sy het hom aan die nek gebyt maar hy het nie laat gaan nie.

"Ek het gedog jy's weg," het hy gesê terwyl hy voel hoe dit donker om hom raak.

EPILOOG

Die haartjies om Buks se snoet is al grys. Sy bene kan steeds vinnig beweeg en hy het nie 'n tekort aan vlakhase nie, maar die vangste is soms skraal en sy ribbes wys al.

Vanoggend het hy saam met die son gewakker en lank gestrek. Sy spiere was styf na gister se onsuksesvolle jag.

Hy't twee keer genies, sy snoet met sy voorpoot gekrap en rivier toe gedraf.

Die modderwater het orals gespat soos hy drink. Daarna het hy weer gestrek en homself warm gebak in die son.

Die ander honde kon nie sonder mense leef nie. Uit hul eie uit wou hulle nie jag nie en selfs met Buks in die voortou wou hulle ook nie leer nie.

Buks het kos huis toe gebring maar dit was nie genoeg nie en die honde het een na die ander gevrek tot net Buks en Stella oorbly.

Stella was 'n paar jaar daar en na die werpsel het Buks soos 'n gewone hond gevoel.

Die kos was so te sê genoeg.

Buks het elke oggend iets gaan vang en met sonsondergang op die werf aangekom met Stella en die klein hondjies wat hom al blaffend en lekkend kom groet.

Maar 'n vlakhaas en tarentaal is nie dom nie en naderhand moes Buks ver ente gaan voor hy enige reuk van iets eetbaars kon kry.

Stella se melk het gedroog en die brakkies het een na die ander gevrek.

Daarna het Stella geweier om die erf te verlaat en na die dood van die klein hondjies het sy gekwyn.

Een namiddag toe Buks terugkom met 'n tarentaal in die bek was Stella nie op die werf om hom te groet nie.

Hy het haar in die sitkamer gekry. Geen gelek of speels byt het haar laat roer nie en Buks het langs haar gesit en gekyk hoe die son oor Geenfontein sak.

Daarna was hy meestal veldhond.

Vanoggend het hy weer die suur reuk in die wind oor die rivier geruik.

Dit het hom soms bly gemaak. Sy fyn neus het alles opgetel.

Die verrotting en siekte, maar ook die oorblyfsels.

Mens kon nooit regtig 'n reuk uit iets kry nie. Gee nie om hoe jy dit verniel of verdoesel nie.

'n Hemp wat deur modder of siekte was dra alles. Die modder en die siekte, maar die gesond en parfuum en die hard-werk-op-die-plaas-sweet en die liefde wat dit eens vasgehou het, sal altyd daar bly, as jy net hard genoeg soek.

Sy neus kon hard soek en hy het die honger op sy maag geignoreer en die veld in gedraf.

Hy het die tarentaal geignoreer wat voor hom uit 'n bos gebars het. Die kwartels ook. Die jong haas kon hy nie laat gaan nie en toe dié laat spaander het hy vyf kort spronge gegee en op die dier geland.

Hy het hom aan sy agterlyf beetgekry en sy kop heen-en- weer geskud.

Die haas se rug het geknak en Buks het met sy vangs in die bek weer veldin beweeg.

Hy het hulle in die oop veld gekry.

Die twee het daar gestaan en doelloos van kant-tot-kant gewieg.

Hul klere was geskeur en hul ribbes het teen hulle velle uitgebeur.

Hy het hulle van agter bekruip. Haas in die bek. En toe hy 'n paar tree van hulle af is het hy die haas laat val en ge-"jip!"

Dit het nie gewerk nie.

'Jip!'

Die figuur in die rok het omgedraai en lank na Buks gekyk. Dit is asof sy deur hom gekyk het. Hy het sy snoet laat sak en weer ge-"jip-jip".

Sy het nader beweeg en die haas gegryp en toe was dit asof iets oeroud dié twee mensdiere oorgeneem het en hulle het die haas, binnegoed en al verskeur.

Die eerste paar keer wat hy vir hulle kos gebring het het hulle hom aangeval.

Maar wat oorgebly het van Lukas het eendag skielik gestop, sy kop skuins gedraai en lank na Buks gekyk en toe die tarentaal uit Buks se kake gevat en dit verslind.

Daarna kon Buks kos bring sonder dat hy gepla word.

Vandag het hulle geknor toe hy die kos bring.

Dit het vir Buks naargemaak en hy het twee tree agtertoe gegee en geblaf.

Hulle het hom of nie gehoor nie en hy het gaan sit en na hulle kyk.

Na die gevreet het hulle langs mekaar gaan staan met hulle skouers wat liggies aan mekaar raak.

Vanoggend se haas sou hulle 'n ruk hou. Buks het die veld in gedraf met nuwe energie. Hy sou oor so twee dae weer iets bring om te eet.

Maar nou moet hy eers 'n tarentaal of iets kry, want sy maag grom al ure lank en sy bene is nie so vinnig soos wat dit altyd was nie.

OOR DIE SKRYWER

Gerhard Uys is 'n joernalis en fotograaf. Hy woon tans in Invercargill in Nieu Seeland. Hy hou van vakansies in die berge. Hy het een keer gedroom hy hardloop met vier bene en spring op huise se dakke.

www.ingramcontent.com/pod-product-compliance
Lightning Source LLC
Chambersburg PA
CBHW080836250626
47160CB00008B/2957